AF449834

Mi baci il collo del cuore?
di Antonella Pallotta

© Copyright 2020 Riccardo Condò Editore
Tutti i diritti sono riservati
ISBN 9788897028925
Stampato Amazon Kdp, U.S.A., per conto di Riccardo Condò Editore

Prima edizione settembre 2020
www.ipersegno.it
L'illustrazione di copertina è di Federica Frontera
Ipersegno è un marchio editoriale di Riccardo Condò Editore, Pineto (Te).

Antonella Pallotta

MI BACI
IL COLLO
DEL CUORE?

2020

IPERSEGNO

Ai cassetti dei sogni

1

Scaraventami le parole belle,
restituiscimi il tuo tempo,
e poi esigi il mio.
Incagliati tra il cuore e il respiro.
Poi cedi al mio inganno,
copriti i dubbi
e apri il tuo porto.
Ti porto in via dell'amore.

2

È conforto sapere
che in un piccolo anfratto
delle tue ruote dentate
s'è incastrata
una piccola dose di me.
Mi sono introdotta
tra i tuoi modi sbagliati,
e non lo sapevo
all'inizio
di aver bloccato l'ingranaggio.
Fermo a quel giorno,
rotto a quel passo.

3

Impaziente
aspetto
il tuo caldo.
M'annoia
ogni parola
che non sia tua.

4

Avvicinati.
E poi intrufolati pure.
Tra i miei giorni,
tra i miei sogni.
Posati
nel domani.
Entraci,
e poi mettimi al riparo.

5

Le mie mani di bambina
assaggiavano le tue d'uomo ...
Cercavo di raggiungerti l'età
per non farci spaventare.
Ma che importa
se sei più esperto
quando insieme
costruiamo miracoli d'amore?

6

Lambisci
le mie terre
e non le esplori.
È questo il tuo vizio?

7

Sparpagliavo parti
per evitare
di riunirmi
e sapermi
nuda.
E vera.
Disfare
il puzzle
delle mie parti
era per me
un trucchetto
fesso
ma essenziale.
Come reggermi intera?
Ero una moltitudine
di pezzi scombussolati
e male assortiti
che parlavano lingue diverse.
Il tempo,
amico esperto,
solo il tempo
mi avrebbe
addolcito le mani
per ricompormi i pezzi
e costruirmi completa.
Finalmente felice,
nuda.

8

Scotti,
ti dirami
e infine esigi.
Guarda,
questa fronte scavata
ne ha già viste un po'.
Povero illuso,
se speri di trovare
autostrade da percorrere
alle tue velocità.
Qui ti fermi
se fai come dico io.

9

Ogni lettera d'amore
col mio nome
mi si spalma addosso.
Io l'assorbo
e mi fa giovane la pelle.
Poi la respiro
e mi profuma
la mente
mentre
libera
vola
e ti si posa accanto.

L'acqua di fronte al molo
scintillava di stelle riflesse,
mentre la diga si rompeva
e l'amore
semplicemente
successe.

11

La barca a vela che
ondeggiando
scavalca i confini
con lentezza solenne
non ha a che fare
con le invasioni.
Ha a che fare
con le scoperte.

12

Parola.
Leggera,
vola nell'aria.
O dritta,
come un colpo secco.
Parola amica,
abbraccia il gelo.
Può violentare,
la parola.
Schiaffeggia.
Astratta,
la puoi toccare.
Ti può imbrogliare.
Ti fa dire i segreti,
e te li fa negare.
Cuce strappi
e taglia ponti.
È un'arma.
Maneggiare con cura.

13

Il vento è così forte
che potrebbe spostare tutto,
te.
Avvicinarti, per esempio.
E fatti soffiare,
che le stagioni passano
e arriva quella che fa germogliare i fiori.
Tu non lo sai,
ma il mio vento
ha un solo verso
e quel verso
riconosce il tuo nord.

14

Ricomponimi
con le tue braccia dure
che si abbracciano
con il mio corpo di velo.
È essenza
capirmi la fragilità
e accarezzarla
coi silenzi
che profumano di gelsomino.
Con lo sguardo
che sa e sa scaldare.
Con le parole non dette
del corpo eloquente.
Non buttarmi in pasto
agli amori mediocri.

15

Mangio cioccolata
per addolcirmi la bocca
e prepararla ai tuoi baci.

16

Ogni tanto superi quella linea sottile
e vieni a curiosare tra le mie abitudini.
Poi il segnale va via,
raggomitoli il filo.
Lo sento solo io questo fuoco?
Sporgiti e dimmi che vuoi fare,
dove vuoi posare le scarpe.
Che un posto da abitare
va trovato.
Nomade, ti perdi.
Dimmi se ti aspetto,
se tra le mie abitudini
ci abiteresti bene.

17

L'arancio dell'alba
disegnava le mie cosce
strette alle tue.
Il sole si affacciava
spudorato
per poterci sbirciare.

18

Movimenti a rallentatore
che cercano di accarezzare l'aria,
poi si posano addosso e trovano casa.
E tu trovi casa.
Nel profumo nuovo che è già tuo.
Nelle urla che riuscirai a decifrare.
Nei silenzi spezzati di notte,
felici di sonno.
Nelle lezioni che imparerai insegnando.
E negli errori che avrai già perdonato.
Profumo di madre.

Mi baci il collo del cuore?
Tu che già solletichi le mie debolezze
solo per farle ridere.
Poi ci fai l'amore
per farle sentire importanti.
Raddrizzi il quadro storto
del mio ritratto.
E togli il vapore
dal riflesso
sul mio specchio.
Mi fai vedere vera.
Intera.
Mi baci il collo del cuore?

20

Liberami
dall'effetto
del tuo profumo.
E i tuoi difetti
così perfetti
mi lasciano il pungiglione.
M'infetti
di inesauribile voglia.
Ridammi la pace.

21

Il letto sfatto,
sorrideva.
Malizioso,
ci guardava spettinati.
S'era svegliato
col nostro piacere sospirato.
Scompigliato,
aveva sigillato
i nostri movimenti in fase
e un amore appena nato.

Imbroglia questo cuore stanco
e strofinaci le emozioni vere.
Innamora le mie vene
e fanne delle strade
per arrivarmi al nucleo.
Prenditelo.
Vivici.
Ti amo dentro.

Il mio paesino è piccolissimo,
così a volte non ci entro.
Se mi muovo troppo,
supero i confini,
come i bambini piccoli
quando escono dai bordi del disegno.
E poi
ogni volta che rientro nei confini,
m'immagino di colorare il mio paesino
un po' di più.

24

Hai lanciato
leggero
un pallone di sogni
nel mio giardino.
Se solo l'avessi bucato,
avrei liberato
tutti quei sogni
e li avrei visti,
netti e diretti.
Invece siamo qui
a fare due tiri
e rimbalzano nell'aria
possibili scenari
che appaiono,
schiacciati
e scompaiono,
rilanciati.
Quando finiremo i passaggi,
uscirò io.
Oppure vuoi entrare?
Basta non sprecare
questa bella partita
in cui a vincere
possiamo essere in due,
sempre se entri,
sempre se esco.

25

Percorri
quei sentieri dispettosi
che ci allontanano.
Prendi in prestito le ali
da quei tipi
sospesi tra le nuvole.
Salta oltre
quel burrone nero,
geloso e pigro.
E vieni.
Voglio i tuoi baci.

26

Imparo
nuovi modi
di essere,
me,
attraversandoti.

Evado.
Mi pervadi.
Ti succhio l'energia
mentre mi rubi la dolcezza.
Siamo pari.
Innamorati e pari.

28

Stropicciami la perfezione,
così esigente,
così odiosa.
Strizza la buccia
del mio carattere.
Vedimi.
E poi resta.

Il tuo profumo
di mare in tempesta
e il mio odore
di pesco di primavera
hanno schizzato
nuovi paesaggi.
L'irruenza dell'acqua
e la calma delicata del fiore
hanno imparato insieme
le geometrie del nostro quadro.
Siamo appesi
a questo incontro
di profumi
che ogni giorno
si rinnova.

30

M'hai tolto il mercurio dal cuore
e ci hai colato l'oro.
Per questo
e troppo altro
t'amo senza tregua.

Affogami le paure
e salvami i sogni.
Sono così brava
a fare il contrario
che se un giorno tu
per caso
mi salvassi i sogni,
affogando le paure
probabilmente
quel giorno
m'innamorerei di te.

32

Avevo sulle mie mani
il calore rosso
della tua guancia
dopo le mie carezze.
Mi restavano
attraverso le mani
le tue emozioni.

Ho chiuso a chiave
il tuo ricordo
in una stanza
lontana dai miei passi.
E quando bussi,
dispettoso come sempre,
io mi metto a cantare.

34

Sei il prato colorato
della mia primavera.
Sono il fiore
che ti è nato.
Non ti calpesto,
non ti contemplo.
Ti vivo tra le cose
e tu mi sei intorno,
ovunque.

35

Un pulsante.
Lo sfiori
e non ci sei più.
E invece mi esisti
mi sei
ci sei.
Così ostinatamente
che mi viene voglia
di prenderti a pizzichi
e poi baciarti.
Mi esisti
tanto forte dentro
quanto muto fuori.
E questo pugnale
incastrato tra le costole
mi sta bene,
anche se
è l'unica traccia di te.

36

Sento le tue radici
diramarsi
dentro alle mie vene.
Espandi sottopelle
la tua presenza vitale
e coli
come un'edera
sopra ogni muro
che ho alzato.
Mi abbellisci
e mi invadi.

37

Uso
amare
le tue bruttezze.
Le eviti,
le bacio.
Le curerò di baci
fino a quando capirai
che sono la tua firma,
che ti so riconoscere
soltanto ritrovandole.

38

Togli sto cerotto
che ti tiene in prigione
e apri la ferita.
Quando poi si secca
apri anche il cuore.
Mi ci infilo
e poi ci penso io
a disinfettarti le emozioni.
Ti brucerò
e poi ti guarirò
per vedere ancora
comparire sulla tua carne
quella luna di sorriso
che m'ha scemunito
i sogni.

Mi posi addosso
le parole d'amore
con grazia,
in silenzio.
Te le leggo negli occhi
le poesie che mi inventi.
Mi guardi,
e nascono.
Come margherite
di marzo.
Ti colgo i fiori
di parole d'oro
per me
e mi ci profumo
i battiti
impazziti
a leggerti
negli occhi.

40

Ricomponimi di linfa.
Esaltami di frenetica gioia.
Abbi cura di me.
Ribaltami
e illudimi
che è meglio restare.

41

Quanto forte devo stringerti
per non trattenerti
ma rassicurarti le paure?
Vorrei insegnarmi
a lasciarti andare.
Crescendo,
ti allontanerai.
Non lo sai,
ma vorrei che andando
ti restassero dentro i miei semi.
ti crescessero piante di certezze.
Tronchi che ti tengano dritto al mondo
certo di me
che ti guarderò
alla giusta distanza.

Sommario

www.ingramcontent.com/pod-product-compliance
Lightning Source LLC
LaVergne TN
LVHW041440170726
843492LV00008B/2719

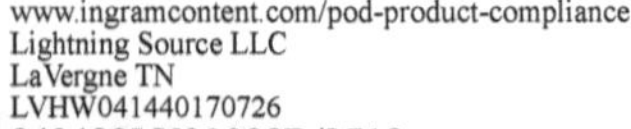